땅속 거인

푸른사상 동시선 29

땅속 거인

인쇄 · 2016년 7월 20일 | 발행 · 2016년 7월 25일

지은이 · 서향숙
펴낸이 · 한봉숙
펴낸곳 · 푸른사상

주간 · 맹문재 | 편집 · 지순이, 김선도 | 교정 · 김수란
등록 · 1999년 7월 8일 제2-2876호
주소 · 경기도 파주시 회동길 337-16(서패동 470-6) 푸른사상사
　　　서울시 중구 을지로 148 중앙데코플라자 803호
대표전화 · 031) 955-9111(2) | 팩시밀리 · 031) 955-9114
이메일 · prun21c@hanmail.net / prunsasang@naver.com
홈페이지 · http://www.prun21c.com

ISBN 979-11-308-0969-4 04810
ISBN 978-89-5640-859-0 04810 (세트)

값 11,000원

푸른사상
동시선

29

땅속 거인

서향숙 동시집

푸른사상
PRUNSASANG

백문불여일견(百聞不如一見)

백문불여일견(百聞不如一見)이란 고사성어의 유래는 다음과 같아요. 중국 전한 시대 9대 황제 선제 때 강족이라는 유목민족이 반란을 일으켰어요. 선제가 반란을 진압할 적임자가 누구일지 물었어요. 조충국이란 사람이 나섰어요.

"제가 비록 나이는 늙었지만 저보다 나은 사람은 없습니다."

그 말은 들은 선제가 물었지요.

"어떤 작전으로 반란을 진압할 것인가?"

그러자 조충국은,

"백 번 들은 것이 한 번 보는 것만 못합니다."

라고 대답하였어요.

조충국은 반란이 난 곳으로 가서 상황을 눈으로 확인하고, 병사들과 함께 농사를 짓고 살면서 농사일과 싸움을 같이 하는 작전을 짰어요. 결국 그는 반란군을 진압하게 되었어요.

백문불여일견은 아무리 여러 번 들어도 실제로 한 번 보는 것보다는 못하다는 뜻이에요. 실제로 경험하는 것이 중요하다는 것이지요.

어린이가 자라서 어른이 될 때까지 직접, 간접적으로 많은 지식을 배우고 익히게 되어요. 그렇지만 백 번을 간접적으로 지식을 익히기보다는, 한 번 보고 경험하는 게 훨씬 중요하다는 것을 이 이야기는 알려 주고 있지요.

나는 어릴 때부터 세계 일주 여행이 꿈이었어요. 어른이 되어서도 그 꿈을 버리지 않고 어떻게 해서든지 여행을 하려고 노력했어요. 하지만 학교 선생님, 대가족의 주부, 어머니로서 바쁘게 생활하다 보니, 세계 일주 여행이라는 꿈을 이루어 가는 건 결코 쉽지 않았어요. 그럼에도 불구하고 갖가지 어려움 가운데 국내 여행을 비롯하여 스위스, 이탈리아, 프랑스, 오스트리아, 체코슬로바키아, 뉴질랜드, 호주, 중국, 일본 등을 여행하였어요. 그리고 각 나라의 여행지에서 보고 듣고 경험한 일들을 가슴앓이 끝에 동시 작품으로 탄생시켰지요.

난 이 동시집에 호주와 뉴질랜드 여행에서 받은 감동을 동시로 형상화시킨 작품들을 싣고, 작품의 소재가 될 만한 인상적이고 감동적인 장면들을 사진 작품 속에 담아 보았어요.

많은 어린이들이 이 여행 동시집을 읽고서 감동과 재미를 느끼기를 희망하고 있어요. 그리고 동시집을 읽은 어린이들이 자라나면 많은 여행을 하여 '백문불여일견'이라는 고사성어가 주는 가르침처럼 보람 있는 인생을 살아가기를 바라요.

2016년 6월 27일
조각배어린이공원에서 지은이

| 차례 |

제1부 호비튼 마을

제2부 밀포드 사운드

제3부 블루마운틴

제4부 오페라 하우스

제1부

호비튼 마을

뉴질랜드행 비행기

잠자리가 된
대형 비행기가
사뿐히 날고 있다

지구 반대편
머나먼 하늘길
잃어버리면 어쩌지?

괜한 걱정 말라는 듯
무거운 비행기는
차분하게 날고 있다

종잇장 날개 단
잠자리.

움직이는 별

움직이는 별이 된
밤 비행기

승객들은 잠을 자는데도
엄마 품에서
앙앙 울어 대는 옆자리 아기

움직이는 별 속에서
답답한가 봐

익숙한 자기 집이
자꾸 생각나서
저렇듯 밤새 칭얼거리나?

뉴질랜드 북섬의 오클랜드 하늘에서

빛 부신 햇살 아래 펼쳐지는
꿈속 풍경 같아.
초록 산과 들판 사이를
강과 호수가
누비고 있는 환상의 그림

비행기는
오클랜드 땅에
서서히 안기기 시작했어.
놀라운 땅의 품으로.

▶ 오클랜드 : 뉴질랜드에서 마누카우, 크라이스트처치에 이어 세 번째로 큰
도시로, 1840년 윌리엄 톰슨 총독은 오클랜드를 식민 정부의 수도로 정했
다. 영국 초대 해군 장관과 후에 인도 총독을 지낸 오클랜드 조지 이든의 이
름을 따서 명명했고, 1865년 웰링턴 시가 수도로 지정되기 전까지 계속 뉴
질랜드의 수도였다. 마오리 원주민이 가장 많이 살고 있고, 도로, 철도, 운
송의 중심지로 최고 수심 10미터의 수로와 180제곱킬로미터의 수역을 자랑
하는 와이터마타 항이 있다. 주변에는 수영과 서핑을 즐길 수 있는 해변, 원
뿔형의 사화산이 몇 개 있으며 자연 경관이 매우 아름다운 곳이다.

호비튼 마을 1

〈반지의 제왕〉에서
간달프와 프로도가 마차를 타고
지나간 고갯길 앞으로
호비튼 마을이 숨 쉬고 있어

꼭대기에 있는 초록 문 집 안에서
빌보가 뛰어나올 것만 같아

동그란 모양 호빗의 집들은
우리 가족을 〈반지의 제왕〉
영화 속으로 데리고 들어갔어

리븐델(깊은골)에서
호빗들이 먹는 자두 냄새가
풍겨 나오는 거야

유일한 초가지붕인 호빗 구멍 앞으로

구릉 진 초록 목초지가 눈 시리게 다가와

파티 트리(Party Tree)와
파티 필드(Party Field)에서
난쟁이 호빗 가족이 되었어.

▶ 호비튼 마을 : Rings Senic Tour Ltd에서 운영하는 관광지. 호비튼 마을 세
트 및 농장 투어를 하는 링스 시닉투어는 호비튼 마을 영화 촬영 세트 관
광과 농장 투어를 전문으로 실시하는 회사임. 영화 〈반지의 제왕〉 촬영
현장을 구경할 수 있다.

▶ 호빗 : J. R. R 톨킨의 가운데 땅을 다룬 소설에 등장하는 종족이다. 호빗
은 주로 '반인족', 또는 요정들에 의해서는 '페리안나스'라는 이름으로 불
린다. '호빗'이란 단어는 로한 사람들 말로 '굴 파는 사람들'이란 뜻을 가
지고 있는 '홀비틀란(Holbytlan)'이라는 단어에서 유래되었다. 호빗은 톨
킨의 소설 『호빗』에 처음으로 등장하는데, 소설의 주인공인 골목쟁이네
빌보(Bilbo)가 호빗이다. 또한 〈반지의 제왕〉의 주인공인 골목쟁이네 프로
도와 동료들 또한 호빗이며, 키가 보통 인간의 허리 정도로, 발등에 곱슬
곱슬한 털이 나 있고 발바닥 가죽은 튼튼해서 신발을 신지 않는다.

호비튼 마을 2

가장 큰 호빗 구멍은
빌보와 프로도 배긴스 집
이름은 백앤드(Bag End, 골목쟁이 집)이지

계단을 올라 꼭대기의 의자에
간달프가 앉아서
도넛 모양의 파이프 담배 연기를
위로 뿜어 올리고 있어

파티 필드 아래에서
빌보가 이야기를 마치고
순식간에 사라졌어
마술을 부리는 거지

파티 중에 매기와 피핀이 훔친 불꽃에
불을 붙이자
꽝!
텐트가 공중으로 솟구쳐 올랐어.

호비튼 마을 3

빌보의 파티가 열린 날 밤에
호빗의 머리 위를 용 모양 불꽃이
휩쓸고 지나갔지

백쇼트로(Bagshot Row, 골목아랫길)에서
원래 크기로 세워진 곳이야
〈왕의 귀환〉 마지막 부분에서
로지가 아기를 안고 노란색 문 밖으로 나오고
샘이 걸어 올라오고 있어

신기하고 재미난 환상을
계속 겪게 된 우리 가족

신비함이 퐁퐁 솟아나는 곳
호비튼 마을에서 계속 살면 안 될까?

스카이라인 곤돌라

스카이라인 정류장에서
해발 900미터의 정상까지 올라가는
재미난 엘리베이터이지

처음엔 겁이 났지만
곤돌라를 타고
올라가는 그 맛은
톡 쏘는 사이다 맛이야

양옆으로 내려다보이는
멋진 경치에
왕방울 된 내 눈이
툭툭 튀어나오면 어쩌나?

하얀 단추

점
　점
　　점
초록 이불 위에 흩어진
하얀 단추들

널따란 초록 풀밭에서 마음껏 뒹굴고
배부르게 풀도 먹으니
얼마나 좋아?

끝없이 달리는
차창 밖에 펼쳐지는 평온함도
나를 계속 따라오지

하얀 단추 친구들아!
너희들도 그런 내 마음
알 수 있니?

레드우드 삼림욕

늘씬한 허리 자랑하며
하늘 높이 솟아 있는
삼나무 숲 속

키다리 아저씨들을
우리 마을 뒷산으로 데려오면 좋겠어

날마다 키다리 아저씨들과 놀며
신바람 나게
풋풋함을 마시고
온몸에 두를 수 있으니 말이야.

▶ 레드우드 : 낙우송과에 속하는 상록 침엽수. 세쿼이아 또는 레드우드는
  소나무목, 측백나무과의 나무이며 미국과 뉴질랜드가 원산이고, 세계에
  서 가장 큰 나무.

26

양털 깎기

드르르륵
양털 깎기 기계로
기술적으로 빠르게 양털을 깎는데
깜짝 놀랐어

가만히 누워서 털 깎기에
몸을 맡기고 있는 순한 양

나 같으면 너무 간지러워서
참지 못하고 도망칠 텐데…….

후후훗!
간지러움에 자꾸 터져 나오는
내 웃음 소리.

새끼 양 젖 먹이기

하얀 새끼 양에게
젖 먹이기야

쪼옥 쪽쪽쪽
젖병의 젖을 맛나게 빨아먹는
귀여운 새끼 양

젖 먹여 주는 사람이
자기 엄마인 줄 아나?

난 엄마 품에
꼬옥 안겼어
아기가 된 것마냥.

새비지 가든

마오리족의 전통 요새
파(Par)가 있었던 이곳.
과거에 마오리족과 정부가
여러 번 힘들게 다퉜다는
새비지 가든

오클랜드 시와 미션 베이
마알간 파란빛 바다가
내려다보이는 멋진 전망대

깨끗하고 푸른 잔디에
아름다운 꽃들이 어우러진 곳에
소담스런 우리 가족의 꽃도
더불어 피어나고 있어.

▶ 새비지 가든 : 노동당 출신의 뉴질랜드 수상이었던 마이클 조지프 새비
   지(Michael Joseph Savage, 1871~1940)의 이름을 딴 공원. 현재는 Ngati
   Watua 부족의 소유이다.

미션 베이

—이곳에 놀러와 주어서
정말 반가워!
가족을 다정하게 맞이해 준 미션 베이

깔끔한 정원수와
아기자기한 꽃들
잔디밭 중앙의 분수도
신나는 물줄기로 반기고 있어

—우리나라에선 보기 드문
멋진 공원이야!
아빠의 칭찬에
미션 베이의 기분도 최고겠지?

▶ 미션 베이 : 뉴질랜드 북섬에 있는
  오클랜드 시민들의 휴식처이며 공원.

로토루아 호수

마알간 비췻빛의 유연한 허리로
굽이치고 있는
로토루아 호수

햇살에 빛나는 용 한 마리
물속에서 싱싱하게
목욕하고 있구나!

생각 깊은 용 닮아서
맑은 꿈 꾸느라고
나도 생각이 많아졌어.

제2부
밀포드 사운드

레인보 스프링스

커다란 키에
큰 손을 내밀며
하늘하늘 인사하는 고사리 숲

마알간 개울물 소리와
숲에 가득 찬 뉴질랜드 고유 동식물
살아남은 공룡이라 불리는
신비스럽기만 한 투아타

자연 공원을 산책하는 산림욕
내 몸과 마음이
어느새 쑤욱 자랐어.

학교에 가면
친구들이 그만 깜짝 놀라겠지?

▶ 레인보 스프링스 : 광대한 자연 공원에는 뉴질랜드 고유의 동식물이 가득
하다.

레이크 트로이티 보트

트로이티 호수 물살을
쑤욱 쑥 가르며
날렵하게 미끄러지는
하얀빛 보트

신이 나서
우쭐우쭐
보트와 함께 춤을 췄어

—와! 잘 춘다
식구들 칭찬에 으쓱으쓱

친구들에게 자랑하고픈
내 속마음을 아는 듯
보트도 춤추며
째앵
쌩 쌩 쌩.

레이크 트로이티 핫 스파

방귀 대장인
뜨거운 유황 온천
탕 속에 들어가기 싫어서
머뭇거렸어

―유황 온천욕이
몸을 더 튼튼하게 해 줘
엄마의 재촉에 할 수 없이
뜨거움을 참고
온천물에 들어갔어

냄새 나며 처음엔 뜨거웠지만
조금 지나니 몸이 차분히 풀리고
기분이 좋아지지 뭐야?

뜨거운 유황 온천물인데
왜 몸이 시원해지지?

나오고 들어가길 되풀이하다 보니
온천욕의 재미에 쏙 빠져 버린
내가 우스워!

음식 블랙홀

로토루아 호수와
시내 전경의 멋진 모습을
내려다보며 먹는 뷔페 음식은
입안에서 살살 녹는 맛

초록 홍합과 새우 구이
양고기 구이와 각종 케이크
야채 샐러드와 맛있는 과일

블랙홀이 돼 버린
커다란 내 배.
참 큰일 났다!

항이 디너와 마오리 민속 쇼

민속 의상을 입고
따스한 눈빛으로
노래 부르며 전통 춤을 추는
마오리족

서로 반갑다고
코를 두 번 문지르고
혀를 낼름거리는 마오리족과
함께 춤을 췄어

친구들 만나서
반갑다고 코를 두 번 문지르면
깜짝 놀라겠지?

▶ 마오리 문화 : 로토루아는 마오리 문화의 중심지로서 마오리족의 예술,
   특히 음악과 목공예에 이르기까지 마오리족 문화의 전당으로 자리매김해
   왔다. 화산 지대라는 지역 특성을 활용한 음식 문화가 발달해 지열로 돼
   지고기와 감자를 쪄 내는 특유의 항이 요리를 만들어 낸다.

화산 지대 공원

뿌글뿌글
용솟음쳐 올라오는
뜨거운 물의 온도가
212도까지 올라가는
화산 지대 웅덩이도 있어

그 속에
무엇이든 던지기만 하면
순식간에 녹아 버린다니
생각만 해도 끔찍한 일

뿌연 안개로 뒤덮여 있는
유황 가스 냄새가 지독하고
뜨건 물이 솟아오르는 웅덩이

만약 화산 지대의
땅이 폭발하면 어떨까?
덜덜덜…….

땅속 거인

땅속 깊은 곳에서
커다란 거인이
어마어마한 솥을 걸어 놓고
유황 물을 끓이고 있나 봐

잠도 자지 않고
하루 종일 끓이느라
엄청 고생하겠다
조금도 쉴 새 없이
불 앞에서 앉아 있으니
무지무지 뜨겁겠다

거인아!
이젠 그만 좀 하면 안 돼?
유황물이 크게 끓어올라
화산이 폭발할 것 같아.

남섬의 거울 호수

밀포드 사운드로 향하는
길목에 터억
자리 잡고 있어

수정 알 같은
빙하 녹은 물을 만져 보니
온몸이 짜릿했어

생수 병에
빙하 녹은 물을 담았어
눈 감고 천천히 느껴 보는
싱싱한 물맛

이미 빙하 물속으로
빨려 들어간 내 마음.

남섬 와카티푸 호수

와카티푸 호수 속에는

마알간 유리가

가득 들어 있나 봐

속이 환히 비쳐 보이지

참 이상한 건

호수 면이

조금씩 높아진다는 거야

우리 가족 사랑이

두터워지는 것처럼

호수 앞에서

깊게 심호흡하는

내 마음속에

함빡 들어찬 아빠 엄마의 사랑.

▶ 와카티푸 호수 : 뉴질랜드 남섬 내륙에 있는 호수로 뉴질랜드
에서 타우포호수, 로토루아 호수 다음으로 크다. 호수 건너편
양 목장으로 이동해 돌아오는 길에 농장을 투어하고 선상에서
식사를 즐기는 이브닝 크루즈가 있다.

와카티푸 가든 트래킹

손이 커다랗다고 자랑하는
은빛 고사리와
삼나무와 각종 나무들이 그들먹한
와카티푸 가든 트래킹

왁자지껄 장기 자랑 하는
폭포수 앞에서
물방울을 맞으며
까르륵 웃음 방울을 흘렸어

뉴질랜드 사람이 되어
와카타푸 가든 속에서 산다면
어떻게 될까?
상상 나라에 들어가서
살짝 아빠 엄마를 잃어버릴 뻔했어.

밀포드 사운드

빙하가 녹아 내려 생긴
거대하고 맑은 호수

장엄하게 솟아 있는
마이키 피크

엄청나게 커다랗고
수많은 폭포는
높은 마이키 피크에서
소리 지르며 다이빙을 하느라
참 재미있겠다.

빙하 호수의 어마어마함 앞에서
잠시 벙어리가 된 나.

▶ 밀포드 사운드 : 뉴질랜드 남섬에서 빙하의 흔적을 볼 수 있는 곳으로 〈반
지의 제왕〉이 촬영된 곳으로도 유명하다.

밀포드 사운드 크루즈

큼직한 유람선에 타는
벌떡쿵 내 가슴이
설렘으로 마구 뛰었어

끝없이 펼쳐지는
피오르드 해안 정경에 취해
부끄러움도 모르고
소리를 질렀어

정신이 몽롱해지게 만드는
눈부신 아이티 피크
라이언 마운틴에서
쏟아져 내리는 폭포

내 마음속에

아름다운 그림을 무수히 그렸어.

▶ 밀포드 사운드 크루즈 : 남섬 밀포드 사운드에서 하이라이트 관광으로 피
오르드 해안과 아이티 피크의 빙하 시대의 장관을 이루는 절경을 선상에
서 감상하며 눈과 입을 즐겁게 하는 최고의 식사를 즐길 수 있다.

호머 터널

아픈 역사를
말없이 머금고 있는
호머 터널 앞에서 바라보는
영화 장면 같은 놀라운 풍광

콰르르 콰르르
폭포가 지르는 아우성에
눈도 깜박이지 못하고
숨을 쉴 수가 없었어

기막힘을 주는
뉴질랜드 자연은
귀한 가르침을 느끼게 해 주었어
더욱 겸손하며 낮아지라고.

▶ 호머 터널 : 밀포드 사운드로 가는 도로에서 꼭 통과해야만 하는 터널.
  1953년에 착공되어 근 20년이 지나서야 완성된 터널로 여러 명의 인부들
  이 공사 도중 목숨을 잃을 정도로 험난한 공사였다고 한다.

남섬의 애로타운

지난날 애로타운에서
캐 낸 금으로
퀸스타운이 잘살게 되었고
널리 이름이 알려졌다는
가이드의 설명이야

지금은 한가로움이 자리한
애로타운

100년 넘은 아담한 건물
소박하고 멋있는
강둑을 따라 난 산책길

봄철의 정경도 아름답지만
다가올 가을철 단풍이 아름답기로

소문난 곳을

몸과 마음에 담뿍 담았어.

▶ 애로타운 : 퀸스타운 가까운 곳에 위치한 옛 금광촌. 근처에는 최고 수준
의 국제적 규모와 설비를 자랑하는 밀브룩 골프 리조트가 있다.

번지 점프 브리지

특수 고무줄에 몸을 묶고서
용감하게 뛰어내린 오빠.
저 아래 강물 위에서
몇 번을 출렁이며
오르락내리락거렸어

위로 아래로 나는
한 마리 커다란 새

까마득한 아래엔
하얀 파도를 일으키며
세차게 흐르고 있는
산홋빛 강물

번지 점프대에서
뛰어내린 장면을 바라보며
너무나 무서워
온몸이 오소소해졌어

저 오빠도 많이 무서웠겠지?
짜릿하고 신나기도 하겠지만.

▶ 남섬 번지 점프 브리지 : 퀸스타운은 번지 점프의 고장이라 할 만큼 유명하다. 10여 년에 걸친 실험 끝에 만든 특수 고무줄에 의지해 뉴질랜드의 모험가 A. J. Hackett은 최초로 에펠탑에서 뛰어내렸다. 1988년 11월 세계 최초로 상업적으로 알리기 위한 번지 점프를 시도했고, 도시가 발전하며 옆에 현대식 다리가 들어서 사용하지 않는 다리는 세계적으로 유명한 관광 명소가 되었다.

깁스톤 밸리 와이너리 1

깊숙한 동굴 속으로
안내원을 따라 들어가는 길 양쪽엔
나무로 만든 와인 통이 산더미처럼
줄을 맞춰 누워 있었지

참고 견디며
오래 누워 있을수록
좋은 와인으로 태어난다지

아주 환한 곳을
와인은 싫어하나 봐
깜깜한 곳에서 무슨 생각들을 했을까?

와인이 이야기 보따리를 풀어 내면
무진장 재미있을 거야.

▶ 깁스톤 밸리 와이너리 : 퀸스타운 동쪽 깁스톤 밸리의 와인 산지로 와인
　콘테스트 골드메달에 빛나는 곳.

깁스톤 밸리 와이너리 2

파란 하늘과 산자락에 위치한
깁스톤 밸리 와이너리

와인 생산을 위한
집채만 한 벙커가
쭈우욱 설치되어 있지

와인 보관 굴이 있는 건물 옆으로
보초처럼 줄을 맞춰서
끝없이 서 있는 유기농 포도나무

최고의 와인으로
태어나게 해 주는
햇빛과 바람과 비가
눈물 나게 고마울 테지.

더들리 페이지

요트 모양의
큼직하고 하얀 지붕인
오페라 하우스가 손짓하고 있어

강변을 따라 걸으며
최고의 건축물과 어울린
주위의 경치란

—호주 관광에서 제일은
오랫동안 공들여 지은
오페라 하우스를 본 일이지
—더들리 페이지가
잘사는 곳임을 알 만해

부러움에 젖은 아빠 말소리는
오페라의 음표가 되어 날아간다.

▶ 더들리 페이지 : 오페라 하우스를 중심으로 한 시드니가 가장 아름답게
보이는 시드니 최고의 부촌. 이곳의 구경거리 중 하나는 시드니에서 가장
높은 가격을 자랑하는 부호들의 집들로, 이곳에서는 정원을 가꾸지 않으
면 벌금을 낸다고 한다.

키위 새와 버드라이프 파크

뉴질랜드에서만 산다는
매서운 눈빛의 키위 새가
내 마음을 다 들여다보는 것 같아
순간 닭살이 돋은 내 몸

사랑스런 키위 새 이름과 달리
무서운 느낌이 든 모습
—행여나 키위 새의 눈빛 닮으면 안 돼!
생각만 해도 오싹오싹

—아빠, 집에 가서 키위 새에 대해
더 알아봐야겠어요.
—솔비가 기특하구나!
아빠 칭찬에 얼굴 빨개진 나

일정 때문에 여러 가지 야생 동물을
바삐 구경하는 게 정말 아쉬웠어.

봅스힐 곤돌라

경사가 급한 정상으로
곤돌라가 신나게 오르고 있어

몸이 근질거려
아빠 품에 꼬옥 안긴 나

—이제 다 왔으니 눈 떠 봐!

정상에서 바라본
퀸스타운을 감싼 호수가
굽이굽이 그려 놓은 건
바로 천국의 모습일까?

아름다운 경치마다
소리를 질러 댄 내 목소리는
꿀꿀 돼지 목소리.

▶ 남섬 봅스힐 곤돌라 : 퀸스타운의 뒤쪽에 위치한 'Bob's hill'로 올라가는 곤돌라. 세계에서 손꼽히는 경사를 자랑하고 해발 440미터의 언덕까지 시내에서부터 연결된다. 곤돌라 정거장은 시내 중심부에서 북서쪽에 위치해 있으며, 도보로 10분 정도 소요된다. 퀸스타운 시내에서만 볼 수 있는 거대한 풍선으로 곤돌라 정거장에서 10분 정도 올라가면 패러펜트 이륙장이 있는데. 교육을 받고 순서대로 뛰어내리면 된다.

크라이스트처치로 가는 길

퀸스타운에서 크라이스트처치로
차를 타고 달리는 길은
꿈속으로 들어가는 길이야

멀리 펼쳐진 초록빛 대평원에서
평화로이 노니는 하얀 양떼들

널따랗게 펼친 팜스데이 농장과
캔터베리 대평원을 지나는데
가슴이 뻥 뚫리는 듯했어

—아빠! 대평원이 있는 이 나라는
참 좋겠어.
—그래, 우리나라의 열여덟 배나 넓은 땅에

인구는 450여만 명밖에 안 된단다

비가 많고 나무가 잘 자라는
이 넓은 땅이
우리나라였다면 얼마나 좋을까?

▶ 캔터베리 대평원–뉴질랜드의
  각 도시로 향하는 거점이자
  중심축인 곳.

마운트 쿡

파란 하늘과 투명 호수가
누가 더 맑고 깨끗한지
서로들 뽐내고 있어

뉴질랜드 서던알프스의
최고봉인 마운트 쿡.
눈부신 만년설의 봉우리 앞에서
감동받아 눈물까지 났어

─이 지구에 너처럼 멋진 곳이
또 있을까?

호수를 포근히 감싸고
내려다보는
마운트 쿡의 만년설

사진에 담고
가슴에 담고
눈에 담고.

▶ 마운트 쿡 : 해발 3,754미터의 뉴질랜
드 서던알프스의 최고봉. 국립공원으
로 뉴질랜드 관광에 빠질 수 없는 지
역이며 연어회로도 유명하다.

74

데카포 호수

청록색의 맑은 빙하수
인상적인 호수를 바라보는
내 눈이 시리다

뉴질랜드 캄캄한 하늘에서
가장 깨끗하게 반짝이는
별을 볼 수 있다지

카누와 트래킹을 즐기고
레인보 송어와
브라운 송어 낚시를 하러
관광객이 밀려드는 곳

마음 앨범 속에 차곡차곡 넣어 둔
데카포 호수가
자꾸 내 발목을 잡는다.

▶ 데카포 호수 : 크라이처치에서 마운트 쿡으로 가는 도중에 만나는 빙하 호수. 매켄지에 위치한 해발 700미터의 빙하수가 인상적이다. 데카포는 마오리 언어로 'night sleeping place'라는 뜻을 품고 있다.

뉴질랜드에서 호주까지

파란 하늘에서
하얀 구름 양탄자 위를
조심조심 날고 있는 비행기

끝도 없이 펼쳐지는
하얀 구름 양탄자
넋을 잃고 바라보느라
지루한지도 몰랐어

드디어
눈 쌓인 봉우리가 나타나고
산과 들이 어우러진
호주 시드니 하늘

말을 잃게 만드는 그 모습에
난 가슴이 두근거렸어.

▶ 시드니 : 오스트레일리아 남동 해안을 끼고 있는 시드니는 남태평양에서 가장 중요한 항구 중 하나이며 아름다운 항만으로 유명하다. 19세기 초 유배지로 세워진 뒤로 주요 무역 중심지가 되었다. 시드니의 대도시권은 서쪽의 블루 산맥에서 동쪽의 태평양까지, 북쪽의 호크스베리 강에서 보터니 만의 남쪽까지 뻗어 있다.

블루마운틴

산을 가득 채우고 있는
유칼리 잎이
강한 태양 빛에 반사되어
푸른 안개처럼 보이기 땜에
블루마운틴이란다

천 미터 높이의
산이 이어지는
계곡과 폭포

놀라운 모습 자랑하고 있는
신기한 바위와
정다움으로 다가온
세 자매 봉

블루마운틴은
우리 가족을
품 안에 가둬 버렸다.

▶ 블루마운틴 : 호주의 그랜드 캐니언이라 불리는 곳. 국립공원으로 지정된 호주의 빼놓을 수 없는 명소.

시드니 야생 동물원 1

넓은 야생지를 가로질러서
노랑발 바위 월리버와
신나게 함께 걸었지

호주를 상징하는
앙증맞게 예쁜 코알라

코알라 친구와 집에 함께 가
매일 장난도 치고 싶지만
마음뿐

야행성 전시관에서
밤에 일어나는 동물들이
어두컴컴한 곳에서
눈을 반짝거리고 있었지

조금 무서워
얼른 눈을 감아 버렸다.

▶ 시드니 야생 동물원 : 호주에서 가장 넓고 새로운 동식물 관광지. 달링하버의 중심에서 호주의 독특하고 희귀한 동식물을 전시하고 있어 자연 서식지 및 생태계에서 살고 있는 6천여 마리의 동물들을 구경할 수 있다.

시드니 야생 동물원 2

초원 지대 관에서 포유류들이
험한 기후 속에서
끝까지 남기 위해
어떻게 살아왔는지
살펴볼 수 있었어

새들의 협곡 전시관에선
파르르 춤추는
희귀한 천연색 나비들

숲에서 떼 지어 날아다니는
새들이 부르짖는
신비스런 소리

동물들의 자연과
원래 환경에서
살 수 있도록 만들어진
낙원에 사는 너희들이
아주아주 부러워!

본다이 비치

넓따란 백사장과
파아란 바다에서
잽싸게 달려오는 하얀 파도가
어울려 색다른 느낌을 주었어

밀가루처럼 고운 모래들을
손에 쥐어도
술술 도망치는 게 재미있어
깔깔거린 나

백사장에서 일광욕을 하는
갖가지 피부색 사람들 옆에서
종종거리는 하얀 비둘기.
내가 다가가도 친구하자며
가만히 기다려주는 게 신기했어

'바위에 부딪히는 파도'란
뜻의 이름이 어울리는

잊지 못할 본다이 비치 백사장에

꾸욱 찍어 놓은

지워지지 않는 마음 도장.

▶ 본다이 비치 : 시드니 남부에서 가장 유명한 해변 휴양지. 시드니 중부에
서 차로 약 30분 정도 걸리고 1킬로미터의 백사장이 유명. 본다이 비치 해
안선을 따라 이어진 캠벨 퍼레이드 근방에는 변화가 형성되어 각종 편
의 시설, 쇼핑 센터 등이 있다. 근방엔 타마라마 비치, 쿠지 비치, 브론테
비치 등의 아담한 해변이 자리 잡고 있다.

제4부

오페라 하우스

회전 레스토랑

기운이 장사인 시드니 타워.
천천히 그 무거운 건물을 돌리느라
엄청 힘이 들 거야

시드니 타워에서
기막힌 경치를 내려다보며
갖가지 음식을 먹는 뿌듯함에
온몸이 근질거렸어

레스토랑에서
바라다보이는 최대의 그림.
시드니 항구를 한눈에
전부 구경할 수 있잖아!

항구의 보물
오페라 하우스와 하버 브리지에게
반가움으로
손을 흔들어 주었어.

갭팍

깎아지른 절벽 위에서
바다를 바라보면
럭비공 같은 수평선이 보이면서
지구가 둥그런 것을
볼 수 있는 신기한 곳

—아빠! 참 신기해!
둥근 지구를 눈으로 볼 수 있네

통통거리는 내 말에
가족 모두가 갭팍의 하늘에
팍
팍
팍
웃음을 날렸어.

▶ 갭팍 : 100미터 높이로 깎아지른 수직 절벽이 장관을 이루고 있다. 1857
년 침몰한 영국 선박을 추모하는 닻이 세워져 있으며, 122명의 선원 가운
데 단 한 명을 제외한 전원이 수장되었다고 한다.

미시즈 매쿼리 체어

특이하고 멋진 모습의
흰빛 오페라 하우스와
하버 브리지의 조화된 모습을
젤 멋지게
볼 수 있는 곳이란다

갖가지 포즈로
추억 사진을 찍은
우리 가족

다복한 가족은
그림엽서 속의
주인공이다!

시드니 하버 브리지 1

오스트레일리아의
남동 해안을 끼고 있는
시드니 항구

하버 브리지 위를 걷다가
아래를 내려다보니
하얀 지붕의 오페라 하우스가
다정하게 올려다보고 있어
둘은 서로 좋아하나 봐

바다 위에 떠 있는
하얀 요트도
내 꿈을 싣고 있다

▶ 하버 브리지 : 세계에서 네 번째 긴 다리. 총길이가 1,149미터로, 시드니
교통에서 없어서는 안 될 곳이다. 1923년에 건설을 시작하여 9년 만에 완
성되었다. 총 공사비 2천만 달러를 들여 매일 1,400여 명의 인부들이 작
업했다. 가장 높은 부분은 134미터의 거대한 아치형 다리이다.

―멀리서 바라보니
꼭 장난감 같아
둥그런 아치 모양의
하버 브리지 앞에서
장난을 쳤어

―아빠 엄마,
우린 장난감 나라에 온 가족이야

큭

큭

큭

참다 말고 터트린
웃음보따리에서
터진 웃음 조각은
햇살에 반짝이는
수정 보석이다.

시드니 공항

초원과 양들의 나라 뉴질랜드와
낭만의 나라 호주 여행

멋진 여행을 끝낸다니
아쉬움과 서운함에
눈 감고 생각에 잠겼어

아름다운 여행을 되돌아보며
시드니 공항에서
비행기에 오른 나

꼬옥 꼭꼭꼭
잊지 못할 추억들을
한가득 품고서.

오페라 하우스 1

하얀 빛깔의
요트 모양 지붕으로
굉장한 음악 소리가
울려 나올 것 같아.

특이한 모양의
오페라 하우스를 설계한
건축가의 기발함.

시드니 항구 앞바다와
그림처럼 어울리는
세계적인 오페라 하우스.
위대한 건축물 앞에서
난 먼지처럼 작아졌어.

▶ 시드니 오페라 하우스 : 1959년 착공하여 1973년에 완성되기까지 14년에 걸친 긴 기간 동안 총 공사비 1억 200만 달러를 들여 건설된 오페라 하우스는 106만 5천 장의 타일을 요트 모양으로 붙여 지붕을 만들었다. 1957년 주제 공모전에서 32개국 232점의 후보작들을 물리치고 선발된 덴마크의 건축가 요른 우츤의 디자인 작품. 처음엔 건축 구조의 결함으로 공사 시작이 불가능하였으나 1966년 호주 건축 팀이 공사를 맡아 완성. 내부는 콘서트홀을 중심으로 네 개의 커다란 홀로 나뉘어 있다. 1,500여 명을 수용할 수 있는 오페라 극장을 비롯하여 2,900명이 입장할 수 있는 콘서트홀이 있고 544석의 드라마 극장, 288석의 스튜디오, 400석의 연극 무대로 구성되어 있다.

오페라 하우스 2

오페라 하우스의
안으로 걸어 들어가며
호기심에 두근두근

웅장하고 멋진 안쪽은
튼튼한 유칼리나무로 지었다지
방음과 소리의 울림이
잘 된 네 개의 콘서트홀이 있다는
한국인 전문 가이드의 설명을 듣고
놀라움에 눈만 말똥말똥

제일 큰 콘서트홀에 들어선 나는
그 넓은 공간과
객석 수를 보고서
마음은 쿵쿵쿵

앞쪽의 어마어마하게 큰
파이프 오르간을 만드는 데

15년이나 걸렸다는 건
정말 대단한 일 아닌가?

눈 감고 객석 의자에 앉은 내 귀에
부드러운 듯 웅장한 듯
울려 퍼지는 멜로디.
하늘나라가 바로 이럴까?

시드니 타워

시드니 항구를 둘러싼
높은 건물과
구부러진 모양의
파란 바다와 잘 어울렸어

둥
둥
둥
떠 있는 하얀 요트들

매끈한 모습으로
흰 물살 그림을 그리며
달리고 있는
크고 작은 유람선

아름다운 항구 도시 시드니를
전망대에서 내려다보며
나도 아빠 엄마도 감동으로
울컥울컥.

▶ 시드니 타워 : 오페라 하우스, 하버 브리지를 비롯한 시드니 시내뿐만 아니라 날씨가 좋은 날엔 동쪽에는 태평양, 서쪽에는 블루마운틴, 남쪽에는 울릉공, 북쪽에는 팜비치까지 한눈에 보이는 250미터 상공의 전망대. 시드니 타워는 1970년대에 세워질 예정이었는데 1981년 9월에 겨우 완성되었다. 960명을 수용할 수 있고, 모두 4층으로 구성되어 있으며, 1층과 2층에는 레스토랑, 3층에는 커피숍, 4층에는 전망대가 자리 잡고 있다. 세 대의 고속 엘리베이터가 전망대까지 40초만에 올라갈 수 있다. 시드니 타워는 지진과 극도의 강풍에도 이길 수 있게 설계되었으며, 56개의 케이블이 타워를 안전하게 잡아 주는 안전한 빌딩으로 손꼽힌다. 케이블 길이를 한 줄로 연결하면 시드니에서 뉴질랜드 거리와 같다고 한다.

성 마리아 성당

뾰족한 십자가 탑의
노란빛 성 마리아 성당

안쪽으로 들어가기 전에
성수를 찍어
성호를 긋는 사랑 가족

파이프 오르간의 성가가
잔잔히 울려 퍼지는
성당 내부에 꿇어앉아
기도를 하는 가족의
간절한 소원을 들어주시겠지

내 눈에 고인 눈물의 뜻을
하느님께선 아시겠지

스테인드글라스의 그림이
기묘한 빛을 내며
성스럽게 다가온다

거대한 성당 안에서
한마음 된 우리 가족.

하이드 파크

조용한 숲의 분위기에 빠져든
가족의 여행 피로를
하이드 파크가 모조리
가져가 버리지 뭐야?

공원 한가운데
파크 거리가 있어서
양쪽을 나누어 놓은 것 같았어

마치 터널처럼
둥글게 하늘을 가린 얽힌 나무들

한낮에도 전혀
햇빛이 들어오지 않을 만큼
지친 몸과 마음을
엄마처럼 안아 주는 숲 속

심호흡을 크게 하는
내 몸과 마음이 가벼워
두웅 뜨고 있잖아?

▶ 하이드 파크 : 시드니의 다운타운
한 가운데에 자리 잡은 공원. 과거
에 경마장이나 군사 훈련장으로
사용되었다가 매쿼리 총독에 의해
시민의 휴식처로 바뀌게 되었다.

트와일라잇 디너 크루즈

크루즈를 타고 바라보는
시드니 항구의 노을 앞에서
고운 빛깔을 가슴에 칠했어

해가 지는 트와일라잇 경치의
아름다움을 느끼며
배에서 먹는 저녁 식사

입안에서 사르르 사르르
웃음과 함께 음식을 먹느라
정신이 없었어

—얘, 체할라. 천천히 먹어!

엄마의 말에도
눈웃음으로 대답.

▶ 트와일라잇 디너 크루즈 : 시드니 항만의 아름다운 노을을 감상하며
크루즈에서 저녁을 즐길 수 있다.

시드니 야경

하버 브리지 밤의 모습을
멀리서 바라보다가
직접 걸어 보았어

그 아래로 내려다보이는
하얀 지붕이 제일인
오페라 하우스의 멋진 야경은
색다른 맛으로 다가왔어

전망대에 올라보니
한눈에 들어오는
온통 불이 붙은 듯한 시드니 야경

부드러움을 이루는
항구 도시의 모습 앞에서
쏟아 내는 감탄사

와!
와!
우와!

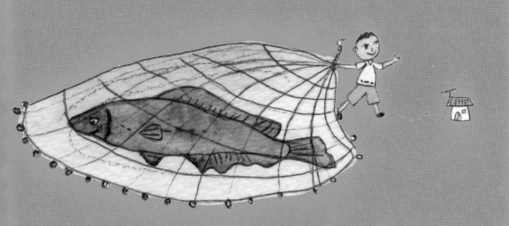

「씨앗바구니」 「거북선 찾기」 「지하철을 탄 고래」 중에서
그림 **최영란**

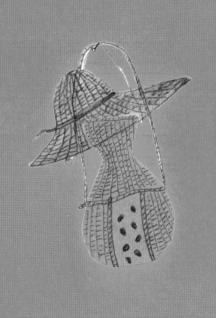